바람은 너를 세워 놓고 휘파람

황정현

2021년 『경인일보』 신춘문예를 통해 시인으로 등단했다.
시집 『바람은 너를 세워 놓고 휘파람』을 썼다.

파란시선 0155 **바람은 너를 세워 놓고 휘파람**

1판 1쇄 펴낸날 2024년 12월 20일
지은이 황정현
인쇄인 (주)두경 정지오
디자인 이다경
펴낸이 채상우
펴낸곳 (주)함께하는출판그룹파란
등록번호 제2015-000068호
등록일자 2015년 9월 15일
주소 (10387) 경기도 고양시 일산서구 중앙로 1455 대우시티프라자 B1 202-1호
전화 031-919-4288
팩스 031-919-4287
모바일팩스 0504-441-3439
이메일 bookparan2015@hanmail.net

ⓒ황정현, 2024, printed in Seoul, Korea

ISBN 979-11-91897-95-1 03810

값 12,000원

*본 도서는 인천광역시와 (재)인천문화재단의 후원을 받아 '2024 예술창작지원사업'으로
선정되어 발간되었습니다.

바람은 너를 세워 놓고 휘파람

황정현 시집

시인의 말

사과를
보냈데

상자 속엔
감자가
가득

반씩
나눠 먹을까?

어디
사니?

차례

시인의 말

해설

제1부

모아이

바다를 등지고 서 있는 기분을 아니
어둠이 불어오면 물결은 밀려가고

조개들은 서로를 보듬어 무덤을 만드는데
우리는 운명을 안을 수 없는 얼굴들

흔들리는 언덕에 목을 얹고
퀭한 눈으로 서로를 볼 수 없는 우리는

바람을 정수리에 담아도
입술마저 두근대지 않아서

구름이 내려앉으면 언덕은 부풀어 오를까
귀를 기울일수록 이웃은 멀어지고

불타는 숲을 보았어
아무도 다가서지 않았고

물속에 잠기는 아이를
누구도 안아 올리지 못했어

젖은 발가락은 흙 속에서 꾸물거리는데
하나둘 깨어나는 손가락들

슬픔이 고일 때마다
온몸에 꽃피는 구멍들

밤이 오면 뒤꿈치를 들어 올린다
잠시 하늘에 가까워진다

너무나 많은 무덤이
얼굴을 부르고 있다

파랑

3미터의 슬픔이 온다면
파랑일 거야

모래는 모래를 데리고 가지 않았어 모래를 맴도는 모래
의 춤 모래 속으로 파고드는 리듬 묻힌 모래와 묶인 모래
들이 밀려왔다 밀려갔지 잠시 멈출 줄도 알았지 모래로 돌
아가고 있었지

파랑이 모래를
일으켜 세울 때

부서진 지붕들이 흘러 다녔지 젖은 손들은 서로 친해지
고 저녁을 짓고 울음을 나눠 먹었지 서로의 잠을 돌보았지
짐승들이 모여 털을 말리고 있었지 어둠 속에 웅성이는 담
에 기대어

파랑에 빠져드는
발목들

치맛자락을 움켜쥐고 달리는 소녀와 폭죽을 든 소년과

에이프런을 두른 남자와 캐리어를 밀고 가는 여자와 모자
와 지팡이와 1톤 트럭과 아우디와 생일 케이크와 꽃다발
퉁퉁 불어 터진 책갈피와 뉴스페이퍼 해변으로 밀려온 혹
등고래 한 마리

죽은 듯이 모여 있었어
이른 아침 반짝이는 모래 위에서

열두 명이 스물네 개의 거짓말처럼

코스모스가 책장에 꽂혀 있어요
꽃잎은 여덟 개

꽃점을 칩니다
좋아한다좋아하지않는다좋아해서좋아할수밖에요

삼백육십오 쪽을 언제 다 읽지요
코스모스는 너무 두꺼워서

한 줄로 요약하면
QR 코드입니까

*

고대에는 물시계를 물도둑이라고 불렀습니다 우리는 법정근로시간이라 부릅니다 법정에선 피고와 원고의 발언 시간이 평등하다지요 스마트폰 알람은 상수입니까 너와 나의 거리는 변수입니다 물구나무를 서면 공중은 남아돌아요 피레네의 성은 중력에 저항합니다 가시나무가 퍼지면 풀은 자라지 못해요 개미귀신이 모래 무덤을 만드는 동안

개미들은 뒷걸음을 칩니다 피라미드는 루브르 앞에도 있
지요 파리지옥에 갇힌 파리가 녹기 시작합니다

*

이른 봄 아버지는
폭설을 만났나 봅니다

발자국을 지우고
세월을 삼키는

눈 속에서

아버지는
삽을 들지 않았습니다

*

지난겨울 남반구에선 5㎜ 얼음덩어리가 쏟아졌고 로마인
들은 하늘 문이 열릴 거라 믿었고 네로 황제는 16만 달러

어치의 장미를 뿌렸고 비처럼 내리는 꽃잎에 질식한 사람
들도 있었고 콜로라도에선 들장미 화석이 발견되었고 월
계화를 꺾으면 찻잎 향이 나는데

*

해 질 무렵 순록들은 먼 길에서 돌아와 소금을 나눠 먹어
요 어머니는 가마솥에 수북이 쌀을 안칩니다 소풍을 간 아
이들은 아직 돌아오지 않았습니다

*

점괘 대신 울음 우는 무녀를 본 적 있습니다

의자 고치는 사람

－

의자를 주문했어요
등과 팔과 엉덩이와 발목을 이어 붙이면
다시 태어나는 걸까요

백 년 동안
기록하지 못한 얼굴을 꺼내요

아주 오래전 마을에 의자 고치는 사람이 온 적 있습니다
오래 머물진 않았을 거예요 낡은 의자 따윈 고치려 하질
않았으니까 슬퍼하는 사람을 멀리했으니까 마을의 고요를
훔치기라도 한 것처럼

먼 길에서 돌아오면 항아리에 물을 담았습니다 낡은 의
자 위에 올려놓고 무릎을 꿇어요 고백이 깊어질수록 슬픔
은 번성하니까 아무리 입술을 문질러도 새 의자가 되지는
않았으니까 동굴 같은 눈동자엔 울음이 그윽하여

골목에서 시장에서 광장에서
휘몰아치는 눈보라 속에서
불타는 의자에 물을 부었죠

의자가 도착했어요
더 이상 의자를 고칠 일은 없겠지만
새것 같은 슬픔들

이를테면 텅 빈 운동장 구석에서 철봉에 매달리는 박쥐
같은
침몰한 배의 창가를 떠도는 기도 같은
죽은 줄도 모르고 무릎을 세우는 의자 같은

백 년 동안
항아리에 담은 물은 마르지 않았습니다

키오스크

너와 갔던 식당에서
밥을 먹었다

누군가 오늘은 둘이냐고 말한 것도 같은데
밥을 먹는 기분을 혼자라고 말할 수 없었다

횡단보도에서도 우리는 걸음을 잃곤 했다
너의 뒤꿈치는 신호가 되지 않아서

주머니 속 손가락을
말아 쥐고 걸었다

길 건너편에는 공장들이 숲을 이루고
목소리는 굴뚝 위로 흘러 다녔다

물류 창고에서 폭발음이 들렸다
밤샘 작업을 하던 우리들이 거기 있었지만

작업을 지시하던 사람들은 보이지 않고
들것을 든 사람들은 점점 멀어졌다

20

얼굴 없는 손가락들이
연기 속에 흩어졌다

어른들은 굴뚝 위에서 노래를 부르고
굴뚝 아래 아이들은 울지 않는다

터치스크린 밖으로 빛이 솟구친다
방향 잃은 손가락들이 빛 속을 서성인다

함께 밥을 먹던 식당엔
우리가 없었다

셀프 주유소

—   벽이 없는 가게에서
그림자 노동을 합니다

자동문도 통유리도 없습니다
가격표만 있을 뿐

누군가의 내일은
오늘보다 먼저 망가지겠죠

우리는 차 안에서
갈 데까지 가 보자고
전속력으로 달리자고 했지만

가다 서다 되풀이하는 바퀴들
바뀌지 않는 노선에서 빠져나가야 하는데

속도는 해결되지 않아서
저녁은 주저앉았고

—   유령처럼 서서 서로의 옆구리를 겨눕니다

22

그림자는 조용히 길어지는데

마찰을 방지해야죠
일회용 비닐장갑을 껴야 합니다

우리는 일회용이 아니라서요
서로의 울음을 안아 주려면

더 많은 손이 필요합니다

청동거울

一 녹는 거
   틀림없나요

   함께 죽어 간다는 거요

   잔무늬 거울도 세발까마귀의 울음도 거푸집 속에서 발버둥
치고 있다는 거요 불과 볕이 까닭이라면

   안짱다리 언니들은 유별나지요 달처럼도 나처럼도 기울지
않아요 어떻게든 우아해지니까요

   웃을지 모르겠지만 비극에 대해서
   청년들은 정직하다는 거

   손님을 들이고 싶은데 문을 닫아요 구경은 미뤘어요 표
정도 떼어먹어요 청혼은 언제 하나요 외롭지만 혼자가 아
니라서요

   어서 와요
一 문을 열면

반달돌칼을 쥐고 싶을지 몰라
어쩐지 손아귀가 씩씩해질 것 같아서

할머니들이 조금 가엾기도 하지만
엄마들이 졸고 있으니까

오늘 밤 나의 동사들은
누울 때도
설 때도
침을 다시는데

까막까치들이 밤하늘을 수놓을까요 눈보라를 몰고 오네
요 사방에 펼쳐진 겨울이 녹스나 봐요 쇳소리도 들리지 않
아요

골목 밖에서 붉은 눈이

一

오래도록 붓끝만 바라보다 겨우 좁은 골목 하나를 그렸
습니다

붉도록
검붉도록

이 골목의 어둠은
어떻게 붓질할까요

어둠을 들먹이다 그만
먹물이 말라 버렸죠

누군가 골목 안으로 손을 내밀면 힘껏 잡을 거예요 나 좀
꺼내 달라고요 골목 밖으로 나가야 하는데 숙제도 약속도
있는데 그림자 없인 한 발자국도 움직일 수 없는데 숨소리
도 그림자도 잃어버렸어요

내일은 아무도 날 알아볼 수 없을 테니까 다짐도 비밀도
지킬 일 없을 테니까 언제 올 거냐고 왜 이리 늦냐고 야단
치는 잔소리도 늦은 밤 막차 타고 꾸벅꾸벅 조는 일도 이른

새벽 출근길도 다가오는 너의 생일도 기일도 빗소리도 눈사람도 잊을 테니까 다시 죽을 일 없을 테니까

다음엔
그다음엔

골목 밖으로
손을 내밀어도

아무도 잡아 줄 수 없을 거예요 눈동자를 쥐여 줄게요 차마 당신의 등을 볼 수 없거든요 골목 밖으로 그렁그렁한 눈길만 보내요

이 골목에서 영원히 마른 붓끝으로 휘돌게요 아무리 써보아도 내가 쓴 글자들은 나를 구할 수 없으니까 숨소리도 그림자도 잊을 테니까 그러니 누구라도 울지 말아요

골목 밖에서
붉은 눈이

열여덟

단체 사진 속으로
걸어가는 네가 보여

새 양말을 신고
새 가방을 메고

허리는 왜 구부린 거니
무슨 잘못을 한 거니

우린 불안할 때마다
손깍지를 껴

아이스크림을 핥고 비스킷을 삼키지
둥글게 둥글게 스크럼을 짜지

고개를 파묻고 몇 명일까 세다가
운동화 끈을 꽉 묶지

물속에 잠긴
발목이 술렁여

다리를 벌리고
오줌 누고 싶은데

배 속에는 아직 따뜻한 김밥
너의 눈 속엔 우리가 가득해

너는 번쩍
손을 들다

오늘은 사진 밖으로
나와야 하거든

밤강정

할머니의 보자기는 밤이 깊어서
펼쳐 보고 싶은데 혼이 나지요

할머니는 귀를 감싸고 밤을 졸여요
귀밑머리 하얗도록 자장가도 부르고요

삼촌이 돌아오지 않던 밤은
이슥도록 총소리가 요란했어요

설탕에 조린 밤은 달콤한데
달은 왜 이리 붉은 걸까?

오월이라,
그렇다고.

눈썹 짙은 언니가
소곤거려요

할머니는 가는귀에 손짓만 남아
보자기에 하얀 밤을 꾹꾹 담아요

할머니의 보자기는 꽁꽁 묶여서
풀어야지 하면서도 풀지 못해요

우리들은 보자기를 끌어안고
기별 없는 삼촌을 기다립니다

핑고

―

극지의 순록은 우아한 뿔을 가졌다
거친 발굽으로 수만 년을 걸어왔다

죽은 자식을 동토에 던지며 발길을 돌려야 했고
비틀걸음으로 얼음산을 넘어야 했다

살점을 떼어 어린 자식의 배를 불렸고
뿔을 세워 침입자에 맞섰다

온몸을 쏟아 무리를 지켰다
죽어서도 흙으로 돌아가지 못했다

치열한 싸움에서
늘 이기고 돌아오는 것은 아니었다

당신은 무덤을 등에 지고 돌아왔다
무덤은 살고 당신은 죽었다

무덤 속에서 얼음이 자라고 있다
얼음은 흙을 밀어 올려 산이 될 것이다

―

얼음의 계절이 오면 순록은
바늘잎나무숲으로 순례를 한다

하늘에서 내려다보면
당신의 길이 보인다

버드스파이크

一

빌딩숲

곳곳에
발붙일 데가 많아
바람 그늘 아래 선잠도 들고
얼마나 오래 달릴 수 있을까
발가락이 뜯긴 채
돌고 돌았어

바닥 분수

돌바닥에서 물줄기가 솟아오른다 뛰노는 맨발은 가볍고도
끔찍해 걷잡을 수 없이 오래오래

사로잡힌다

투명한 울음

너의 구구와
─   나의 구구

난청이라고 믿는 건
오래된 버릇이라

귓바퀴는
애써 구르지만

다가오는 발소리가
이겹지는 않았이

지난밤 꿈은
도무지 어지러웠고

정오

베란다에 압정이 쏟아져
점점 커지는 발바닥을 숨길 수 없어

한쪽 다리를 허공으로 내밀다가
다시 꿈속으로 끌어당기면

묶었던 머리털을
풀어헤치는 기분

발등이 따듯해지길 기다려
어디로든 떠날 수 있으니까

방음벽

속도는 자랑일까

털끝을 곤두세운다

빛나는 숲을

향해

공원의 CU

플라스틱 의자와 튀김우동

36

다음에 오면

꼭 먹자.

앉아서,

see you.

언니들의 파노라마

　언니들의 앞니는 별나게도 반짝거려 잘도 자라 이상하지 이름에도 숙이 많아 엄숙할 숙 맑을 숙 공경할 숙 묵을 숙 빠져드네 쑥쑥 말도 잘해 술술 간볼 줄도 모르면서 간담이 팔딱거려 간밤엔 뒤척이다 눈을 떴더래

　꿈자리가 뒤숭숭해
　쌀점을 치는데

　죽은 딸들이 가랑이에서 흘러나와 밭을 매더래 밭머리에 수북하니 잡풀을 쌓아 두고 정짓간에 모여 앉아 밥을 안치네 가마솥에 밥물이 끓어 넘치네 딸들이 밥알처럼 들썩이더래

　한밤중에 눈이 내려
　별자리도 사나운데

　가계의 내력이란 내뱉기가 어려워서 언니들의 앞니는 엄숙하고 맑았는데 언니들의 우스개는 쑥 뽑히는 총각무랄까 키득키득 웃다가도 꾸역꾸역 씹다가도 언젠가 울어 주던 젖가슴은 잊지 않아 아득한 목구멍도 잊히기 마련이라

눈발 잦아들면 조각달도 흐르고

  달빛 아래 언니들은
  흰 수건을 두르네

  지붕 위에 박처럼
  배가 부르네

제2부

송곳니

아이를 낳았는데

집 밖이래

밥을 먹고 사랑하는 일

늘 그래서

눈 내리고 비 오는 날도

입꼬리를 감출 수 없더라

아파도 웃고 배고파도

웃는다는 걸

어쩌다 텅 빈 골목이

눈멀게 해

발자국을 꾹꾹 눌러도

푸른 기와가 돋아나서

아득해지는 건

아이와 꿈길을 바라보는 거

새하얀 눈초리와 축축한 눈송이들

자꾸만 덤벼들어

이를 갈다

잠이 들면

꿈속에서도 뾰족해질 것 같아

뭉근히 손톱을 깨무는 동안

아이는

먼 나라에서

얼음집을 짓고

아이의 이웃

나가라고 해 놓고
보고 싶다니요

아무리 눈을 비벼도
엉덩이는 무뎌져서

나가지도 못하고
주저앉지도 못해요

창밖은 발소리로 가득한데
숟가락도 팔다리도 없어요

욕조 속은 아득해서
까무룩 잠들다가도

차오르는 물소리에
목구멍은 얼어 버리죠

화내는 사람보다
나를 먼저 잊어요

한 번쯤
아무라도
두드릴 수 있는데

누구든
입김처럼
다정할 수 있는데

너무 멀리 잊지 말아요
자꾸만 돌아서고 싶으니까요

거짓의 미래

—

미안해요

오래 기다리게 해서

물살이 느려서 망설이는 건 아니고요

파문이라 말할게요

좀 어지러운가요

롤러코스터를 믿어 보려고요

머리카락은 쭈뼛거려도

목덜미는 빳빳해지니까요

눈꺼풀을 꽉 다물면

격렬하고 아름다워져서

—

꿈꾸다가도 문득

등이 꺼져요

살 수 없어서 머뭇거리는 것도 아니에요

사는 게 너무 멀어서요

숨는 건 이니지만

숨 쉴 틈도 없으므로

주머니 속엔 물거품

함께 손 놓을까요

지붕 위에 운동화를 띄워요

흐르도록

멀리

삼십 일

아이들이 달렸으므로

일가를 이루었습니다

지붕 위로 빗줄기가 지나고

뒤꿈치가 갈라지도록 춤을 췄지요

대체로 하루가 모자랐습니다

기록되지 못한 하루는 어떻게 띄어 쓰는지

그림자를 판 사내의 이야기는 어떤 마무리인지

많이 웃어 본 사람들은 울음도 많았습니다

오늘은 내일처럼 끝이 없어서

부풀어 오르기 전에도 슬픔이라서

남아도는 발걸음은 어디로 흘러가는지

어쩌다 모자 속은 깊어지는지

어깨 사이로 어둠이 오면

아이들은 지붕 밑으로 스며들고

그림자 쫓는 사내의 이야기는 다시 시작되고

손뼉을 치고 쓰러진 그림자를 세우고

아무도 모르게 서로를 돌아보겠죠

다음엔 혼자 남지 않을 거라며

아이들은 털모자를 움켜쥐었습니다

놀이터는 멈췄지만

그네는 흔들립니다

코르크스크루

　一　　흘려 버리고 싶어도
　　　　멈춰 서는 병이 있어

　　　　새롭지 않은 슬픔에도
　　　　온몸에 구멍이 열린다

　　　　움찔하고 말았지
　　　　들켜 버릴 것 같아서

　　　　너의 손이 어깨에 닿는다면
　　　　한 걸음도 아득해져서

　　　　우리와 대화는
　　　　겉과 속이 뒤엉킨 나선형

　　　　너는 목구멍이 차올라서
　　　　나는 숨구멍이 모자라서

　　　　구멍에서 흘러나와
　一　　구멍으로 흘러들고

조금씩 조여드는 둘레에 대해
숨어들지 않기 돌려 말하지 않기

잇몸에 남은 미열을
혓바닥으로 쓰다듬는다

서로를 파내면서
구멍을 채우고 있어

병 속에 병을 옮긴다
거품도 없이 출렁인다

두 손으로 병을 감싸면
우린 조금 투명해지고

육교

그냥
밖에 서 있어

고개를 돌려도
새로운 인사는

없고
아직

그 애는 보이지 않아
종이비행기도 날지 못하네

안녕?
발목을 펴 볼까

빗방울이 도르르 구를 수 있게
찰박찰박 물소리 차오르도록

어디 가?
묻고 싶은 발소리도 드물지

구름은 어디로든 흘러가
심심한 낮달을 그려 놓았네

먼저
가는구나

날아가는 새들에게
속삭여

아직 그 애는
무릎을 감싸고 있네

가만가만
숨죽이며

그 애의 운동화를
건지고 있어

정리

　오고 가는 사이
　잠시 갸웃했는데

　거리에도
　마음은 뜸하고

　걸음조차
　어두워서

　잘 가라는 소리를
　잘 자라고 들었어

　밤은
　방을

　움켜쥐고
　말을 걸었네

　우린
—　서로

58

오라 가라
말이 길었네

뺨은 물빛으로
나른한데

미어지던
소음

혓바닥을
삼키는

오늘 지난
우연 단어

신 놓기

무례한가요
허락도 없이 물러나서요

다가오는 어깨뼈와
안쪽의 기압골

기분 탓일까요
발이 서투르기도 하지만

여름엔
겨울 쪽에서 기다릴게요

가을이 오면
각방을 써도 말씀 없겠죠

어쩌다 헤어져도
다시금 마주쳐요

눈 코 입은
절벽에도 새길 수 있으니까요

아무 데서나
손 모으지 말아요

두 발 사이에
나란히

신을
놓았습니다

육손이

―

읽던 페이지에 손가락을 넣는다

아무도 모르게
조여드는 기분

무기도 없이 공격하는 마음이 된다 주먹을 펼치면 줄거리가 돋아난다 걷잡을 수 없이 자라나 지루하지 않았다

알아 버린 너는
앞서가는 나를 의식한다

몇 번을 말해야 할까 했던 말은 오래되고 시작하는 말도 새로울 게 없는데 아무에게도 접히지 않아서 너는 내 손에 장갑을 끼워 준다

우리 여섯 번째 손가락부터
다시 시작해 볼까

여섯
― 다섯

넷

숫자를 세기 시작하자
너는 먼저 일어난다

읽던 책을 뒤집어 놓으면

단지
조금

서정적인 사람들이 걸어 나올 뿐이다

정오

―

우리는 휑하다

잿빛 바위와 모형 나무들
낡은 팻말에 갇힌 알래스카 늑대라는 이름

우리 속을 걷고 있다

한쪽 눈을 감고 있어 눈이 부셔서 그런 건 아니었는데 언제가 사냥꾼의 가늠쇠가 눈동자를 겨눴을 때도 물러서지 않았어 용감하다는 건 두려움을 건너는 거니까

우리 밖의 아이들은 혀를 날름거리다가도 내 눈을 보면 어른들의 등 뒤로 숨어 버리지 우리 안의 시간은 멈춰 버렸고 우리 밖은 흐르고 있어 두렵지 않아 눈을 감으면 그만이니까

웅덩이에 고인 그림자를 바라본다

감은 눈처럼 움푹한
우리 안에서

64

물끄러미
해를 등에 지고

율리시스

一

뭔가 될 수 있는
어떤 구름을 지켜보기로 해

너와 나의 수많은 가능성을 흘려보내더라도 먼 곳을 바
라볼 수 있도록 황량한 들판에서 마주치더라도 적막하지
않도록 고여 있는 그늘의 시간이 자연스러운 일이라는 걸
알게 되기까지

어쩌면 난 고양이
비틀거리는 길 위에서

털을 바짝 세우고 발톱을 수없이 바닥에 찍으며 돌아갈
수도 나아갈 수도 없는 끄트머리에 이르기도 하고 때론 썩
은 생선조차 나를 외면하지만

가시에 찔려 핏줄이 터질지라도 여전히
어떤 바람을 지키기로 해

야윈 발목을
一   바라보던 날

비는 내리고 보폭은 점점 줄어들고 무덤의 시간은 다가
오고 마지막 편지를 쓴다는 게 두려울지라도

바람의 뒤를 쫓는 나를
만나기까지

어떤 아름다움이 될지도 모를 울음을
털 속에 감춰 두기로 해

*율리시스: 조엘 코엔의 「인사이드 르윈」 속 고양이.

물뭍동물

—

이 방향은 아무 소리도 나지 않아

발버둥 치다 보면

어디로든 도착할 것 같은데

일요일의 계단과 가로등을 훔쳐 왔어

깊은 잠을 펼 수 있니?

땀구멍은 두고 와서

빈집의 체온과 아래층의 구름과 계단참을 뒹구는 꼬리
뼈, 옥상의 장화와 비에 젖은 바람개비와 펄럭이는 허공과
아무 말도 담지 못한 노트와 조금씩 무너지는 눈꺼풀

가지가지 버려도 돼

파랑을 이고 물결을 잠재운다

—

돌아갈 순 없어도

돌아올 울음은 삼킬 수 있으니까

월요일의 베개는 뜻밖의 장면으로

나를 배치한다

20년을 줄게

손등이 가려운 건
날씨가 슬퍼서래

너는 자꾸
내 손등을 긁는다

꿈속에선 늘
눈을 떠

눈 속엔 뜨거운 바람이 불고
마주 잡은 손가락은 흘러넘치고

빗방울로 돋아나고 싶지만
발소리로 흩어지는 건

너를 새기는 나일까
나를 짊어진 너일까

서로의 색깔을 더듬어
물감을 풀었지

색깔을 이길 수 있니
날씨를 이길 수 없어

새털구름을 빨갛게
그리고 싶은데

흰 소매를 걷을까
ㄱ을린 수염이라도 괜찮을 텐데

생일이 언제더라
기일은 알 수 없어

나는 자꾸
네 손등을 그러쥔다

제3부

02:55

스며들기 좋은 구석이야 마침맞게 잠들기도 하고 커튼을
쥐고 흔들면 별이 쏟아질 것 같아서 어제 들은 이야기보
다 본 것 같은 내일이 생생해서 한쪽 눈을 감으면 다른 눈
도 따라 감겨 나 좀 깨워 줄래 걸음을 잃어버렸거든 아마
도 창밖이었을 거야 눈길을 어디에 두나 망설이는데 빗방
울이 발등을 두드려 떠나기 좋은 냄새였는데 어차피 꿈속
은 비어 있을 테니까

오래 머무는 동아이야 달의 이마를 데려와 천장에 비벼
볼까 웃음을 거둬도 빗방울은 모여들지 않았어 반쯤 열린
창가에서 귓바퀴는 출렁이고 우리 오늘 만날까요 우린 이
미 돌아선걸 발 없는 이야기는 겅중겅중 서랍 속으로 숨어
드는데 깍지 낀 손가락이 스르르 나 좀 꺼내 줄래 머릿속
냄새가 밀려와 어차피 오늘은 말라 있을 테니까

휘파람

비밀 속엔 바람이 가득해

뭉쳤다 흩어지기도 하고 이마를 간질이다가 살갗을 파고
들다 습관처럼 지워지기도 하고

문밖으로 귀 기울이면 새들은 날아오르고 바람개비는 돌고

소리 없이 웃는다는 건 나쁜 꿈을 펼친다는 거 새벽을 접
는다는 거 이불 깊숙이 묻어 버리는 거

생각나는 건 뭐든 소리 내어 씹어야 해 깊은 잠에 빠지지
않으려면

입속을 굴러다니는 젤리 맛 바람

씹을 수 있다면
삼킬 수 없다면

너무 커 버린 거
바람을 좇는다는 거

오래전 네가 문밖을 향해 귀 기울인 것처럼
온종일 색종이를 잘라 입김을 불어 댄 것처럼

바람 속엔 비밀이 가득해

입술 밖으로 한 발자국도 뱉어 낼 수 없는 날

바람은 너를 세워 놓고

멈추지 않는다

난반사

─ 　구르기 직전의 자세로

　돌덩이처럼
　방향 잃은 냄새처럼

　거울 속에서 주먹을 쥔다

　쥔 것을 볼 수 있다면
　같은 질문을 되풀이하지 않을 텐데

　입술은 왜 이리 소란할까
　빛줄기는 귓바퀴로 모여드는데

　흩어지는 빛의 방향으로 주먹을 편다

　팽팽해진 허공과
　일렁이는 손바닥

　이어질 듯 부서지는 손금을 따라
─ 　어디론가 굴러가는 마른 눈동자

서늘한 눈빛은 잊을 수 없어

거울에 부딪힌다
눈보라를 일으킨다

온몸에 달라붙는 눈의 조각들
헤엄치듯 밀려드는 눈의 비늘들

눈빛에 묻은 입술은
지워지지 않아서

무릎 사이로 얼굴을 심는다

거울 속에서 주먹이 다시 튀어나온다

까마귀와 나

—

눈알이 제일 까맸어

먼 곳을 뚫어져라 바라보는

오늘 날씨와 닮은 감정들

예보는 종종 빗나가지만

입술을 감추고

눈빛을 헤아리며

우리가 떠 있는 곳에서

온종일 말을 더듬고 있어

괜히 짖고

괜히 앓고

—

죽은 짐승의 살을 씹으며

흰 그림자 밟으며

빛 속에서

서로를 알아볼 수 없을 때까지

종이 다리

一

오래 누워 있게 돼
오래 서 있다 보면

두 번째 휴가는
언제쯤이니

어린이날엔 놀이공원에
어버이날은 그렇다 치고

종종 다리 위에서
다리 밑을 내려보다가

종아리를 쓸어내리지
뛰어내릴 것 같아서

비구름이 술렁였어
우린 조금 출렁이고

다리 위를 달린다
주먹을 따라

一

녹록한 다리를 접으면
눅눅한 잠에 빠져

꿈속에서는 늘
구겨지는 다리

그리다 만 구름 한구석에서
다리를 벌리다

오줌을 눈다
소나기 온다

스무디

입술을 버무릴 수 없어서
거품을 휘저었어

듣던 노래는 멈출게
유리창은 사용 중이야

얼음은 잘게 부숴야지
안녕이란 소린 생략하자

2인용 자전거를 타고 싶은데
1은 지워지지 않더라

딸기와 노을과 키위를 주문했는데
표정은 품절이래

너는 지금 어떤 색상이니
나는 지금 얼음을 물고 있어

유리창엔 빗방울과 무채색의 사람들
유리잔 속엔 혼잣말이 가득해

84

우산을 같이 쓸까
슬픔을 함께 썼어

폭설이야 말하면
그럴 것 같아서

스키니진

걸으면 조금씩 숨이 막혀
괄호 속에 갇히는 단어들처럼

엄마가 없는 요일엔
발을 헛디디곤 해

조랑말을 닮은 그 애는
부릉대는 오토바이 옆에 서 있었어

오래 달리자고 했는데
슬픔의 속도는 조금씩 다르니까

불꽃놀이를 하고서야 알았어
불꽃은 타오르지 않는다는 걸

그을린 여자애들이
모래 위를 맨발로 지나가고

발목을 모으면
발자국도 따뜻해질까

유리창에 입김을 불었어
그날 밤하늘은 네모라고 썼는데

짙푸른 물살을 거스르는 상자에서
지느러미를 달고 깨어난 기분

나는 소음기에 데인 흉터를
괄호 속에 집어넣었어

대숲펜션

나비가 나처럼 떨어져요. 그건 죽은 대나무 잎이란다. 엄마는 나비를 공중에 뿌렸습니다. 죽은 나비를 왜 또 죽이는 거예요. 잘 보렴. 엄마는 수북한 나비를 발로 밟았습니다. 잘 들으렴. 날개 부서지는 소리가 나요. 너도 해 보렴.

엄마처럼 죽은 대나무 잎을 밟았어요.
나비 무덤 밟는 놀이를 했어요.

무릎이 나비처럼 떨어져요. 그건 죽은 대나무 잎이라니까. 떠올려 보렴. 나는 수북한 무릎을 두 손에 담아 공중에 뿌립니다. 나비가 대나무 잎처럼 날아올라요. 그건 죽은 나

비라니까요.
빗소리에 눈을 떠요.

잠이 오지 않아요. 등이 가려워요. 엄마는 손톱을 세워 등을 긁어 주었습니다. 더 세게 해 주세요. 핏줄기가 자라는걸요. 엄마는 이불을 끌어당겨 이마까지 덮어 주었습니다. 얼른 잠들렴. 눈을 감으면 살아날 수 있을까요. 죽은 대나무 잎이 나비처럼 날아올라요.

88

밤새 바람이
대숲을 흔들다가

사라지곤 했습니다.

숨바꼭질

함께 들킬까요, 아버지

사랑한다고 해 놓고, 도둑년이라니요

주머니 속에 얼음을 감춰요

우린 빗방울과 구름 사이를 오가죠

주머니가 끓고 있어요, 얼음은

죽어서야 넘친다는 걸

본 적 없는 모래와 우린

함께 죽어요

숨어들었어요, 훔친 게 많아서

눈을 감으면 발자국은 일어나고

주머니에 쓸어 담아도

흘러내리는 건 마찬가지라서

뒤돌아보면

먹구름 속 술래를

알아볼 수 있을까요

발소리가 달아나요

뒤밟혀요, 끓어요, 넘쳐요, 개 같아요, 아버지

함께 짖을까요

열대야

주관식으로 말할까요. 언니가 만났던 아저씨의 이름을
요. 아저씨가 건네준 바나나 껍질에 썼거든요. 약국과 문방
구 사이로 비구름이 몰려다녀요. 드문드문 발소리도 나고
요. 튀김집에서 흘러나오는 기름 냄새는 코끝을 맴도는데
언니가 뒤집어쓴 홑이불이 소릿바람에 들썩여요. 나는 대
야에 밤을 담그고 노래를 불러요. 제목도 가사도 떠오르지
않는 노래를요. 밤하늘을 첨벙이며 노래를 휘저어요. 내려
앉은 밤이 물 위에 속눈썹을 띄웁니다. 언니가 미울 때는
슬퍼하는 언니를 떠올려요. 가로등 밑에 흘리고 온 바나나
껍질은 아직 까매지지 않았을 거예요. 그 아저씨 이름도요.
지붕 위로 젖은 밤이 흘러요. 별은 마음 곁에 감춰 두고요.
그날 밤 일기장엔 언니와 그 아저씨 이름 사이에 무수히
온점을 찍어 놓았죠. 아무리 고개를 까딱여도 반점이 되지
는 않으니까요. 대답할 수 없으니까요.

—

92

섣달

그해의 끝자락에는 바람이 많이 불었습니다. 웃풍에 벽지가 들썩였고 윗목에 놓아둔 자리끼는 꽁꽁 얼었지요. 천장에서 쥐들이 후다닥거렸습니다. 언니는 이불을 덮어 주며 이불 밖으로 발가락을 내밀면 쥐가 문다고 했지요. 언니가 편지를 남기고 떠난 새벽. 속옷에 물든 붉은 꽃잎. 봄은 아직 멀었는데 캄캄한 수돗가에서 눈썹달과 눈이 마주쳤지요. 속옷 쥔 손을 얼른 뒤로 감췄습니다.

엄마는 눈이 퉁퉁 부었지만 아무 말 하지 않았습니다. 뒤꼍에 묻어 둔 항아리에서 살얼음 낀 무와 익은 김치를 꺼내어 아침 밥상을 차리셨지요. 뜨듯한 부뚜막에서 속옷이 마르고 있었습니다. 엄마는 얼른 속옷을 걷으라며 언니는 금방 돌아올 거다, 아버지도 그랬다고 하셨습니다. 서랍을 여니 하얀 천이 손수건처럼 접혀 있었습니다. 눈물이 나는데도 울지는 않았습니다.

손등의 밤

속살을 감추려고
손등을 내밀었나 봐

밤을 감도는
푸른 핏줄

뒤섞이는 꿈처럼
지도에도 없는 기슭처럼

손등은 어디로든 흘러가
돌아누운 이의 체온을 두드린다

문득 잠에서 깨면
별들은 자리를 옮겨 앉고

오는 손도
가는 등도

모른 채
밤은

별별 소리로
차오르고

달무리와 바람비는
밤의 모양을 바꿀지도 몰라

손등을 펼치면
술렁이는 밤물결

잔주름이 빗소리처럼
속살을 파고든다

나무요일

혼자 걷는 나무가 될게
기다리지 않아도 만날 수 있게
헤어지지 않고도 다툴 수 있게
긴긴 목덜미를 쓰다듬을게
마른 손가락으로 빗방울을 쓸어 담을게
바람의 목을 쥐고 길어지는 그늘이 될게
구름을 써 볼게
너처럼 보일 수 있게
때론 공기인형처럼 흔들릴게
빈속을 혼잣말로 채울 수 있게
열두 시 방향으로 팔을 모을게
오늘은 내일처럼 슬프지 않게
가끔은 아무 짓도 하지 않을게
오래오래 참는다는 게
눈부시도록
세 시와 사십 분의 각도로 다리를 벌릴게
텀블러와 생각이 잠시 쉴 수 있도록
팔베개를 하고 잠이 들게
꿈속에서도 너처럼 흐를 수 있게
꿈에서 깨도 뭉클할 수 있게

96

다음 요일엔 흰 종이로

쌓여 있을게

제4부

모임

물을 붓고 불을 켠다 네가 탄 버스는 아직 도착하지 않았고 복도에서 발소리와 말소리가 뒤섞인다 옆집 문이 열리고 닫히는 소리까지

불꽃이 일렁인다 기포가 수면 위로 솟구친다 오고 있니? 가고 있어 아직 오지 않은 너는 수화기 너머에 있다 잘 가라는 소리가 들린다 복도가 울린다 누군가 멀어진다

물을 다시 붓는다 들끓던 수면이 잦아든다 모르는 사람이 좋아지기도 해 낯선 말투로 울렁이게도 하고 같은 곳에서 만났지만 서로 다른 시간에 헤어져

같은 옷을 입은 사람을 보면 숨고 싶은데 사라지지 않는 것처럼 서로 다른 곳에서 함께 있던 시간을 떠올리기도 하고

물이 다시 끓어오른다 불꽃을 줄인다 전화기는 울리지 않는다 네가 탄 버스에서 너는 내리지 않았고

언제 끝나는지 알 수 없는 해변으로
간다고 했다

입장

신,

신고 들어가요?

벗고 들어가요?

이 선생은 신고 들어간 것 같은데 가 본 지 오래되어 생각나지 않는다고 했다

김 선생은 그냥 바닥이니까 신경 쓰지 말라고 했다

그러면 벗지 않아도 되겠지만

목이 긴 운동화를 신고 나와서

벗어야 한다면

문턱에 앉아서 끈을 풀 것인가

허리를 구부리고 풀어야 할 것인가

가방끈이 흘러내려 엉거주춤할 것도 같고

벗고 들어가는 곳이라면

다른 것을 벗을 수도 있겠고

가 봐야 알겠지만

가면서도 계속

묶인 끈을 풀고 있는 내 모습을

생각하는 것이다

익산

산 아래
내가 흐르고

등 뒤로
검은 내가 흐르고

물소리도 따라와
귀를 세우네

잡은 손에
힘을 주네

우리 저기
들어갈래

속삭이는 걸
그는 듣지 못하고

나는
누구 없나

이리저리
살피는데

아는 동네

—

마른 붓끝처럼

멀리 간 적 없는데

가끔 보러 가요

호주머니에 민낯을 접어 넣고요

자주 가진 못했어요

오래 알고 지냈지만

기울어진 지붕이 하도 많아서

이리저리 쏘다니다 하얘지죠

나도 모르는 다짐처럼요

변두리 극장에선 산딸기와 빨간 앵두

—

동시상영 중이었는데

눈을 몇 번 감았다 뜨면

이래저래 끝나지요

바랜 풀잎처럼 시든 골목을

걷다가도 문득

아무도 없나

혼자 말해요

오래오래

젖은 붓끝처럼요

아는 공원

어렴풋이
엎드려 있어

컵에 담긴 양파처럼
숨은 조금 틔우고

가기로 했으니까
가는 거예요

발을 아껴도
밟아 죽인 것들이 하도 많아서

마른 잎과 그늘나비
바람 빠진 풍선

오래 부풀고 싶었는데
머무는 건 아니라서요

폐장 시간이 다가와도
회전목마는 돌고 돌아요

컵을 문 양파처럼
허공으로 튀어 오를 것처럼

목줄 물고 달아난
개 그림자는 길고요

개줄 놓친 노인의 지팡이는
우두커니 개 꼬리를 밟고요

이리저리 따지다
조금 오래 늦어요

싹을 감춘 양파처럼요
두근두근 소리도 없이

팽팽해요
빈 동그라미 같아요

한밤의 트랙

—

트랙은 무수한 꼬리뼈들이 그리는 포물선

되돌아오면 다시 떠나게 돼

해변에 넘실대던 물결이 그랬고

불 밝힌 테라스에서 떠돌던 우리의 이야기도

달빛 아래 망설이던 발걸음도

떠났던 곳을 기억하는 시간은 매번 달랐지만

어둠 속에서도 우리는

각자의 꼬리뼈를 감추고 흩어진다

때론 어둠이 불빛보다 환해서

가로등 아래 발 모은 고양이처럼 눈빛만 남아

—

밤의 소란을 받아쓰고 있을지 몰라

모자를 눌러쓴 사람과 울고 싶은 그림자와

울지 않는 사람들이 한데 섞여

흔적을 더듬고 있어

비껴가는 것조차 잊어버릴 땐

돌고 있다는 사실만으로도 트랙은 긴 꼬리를 펼치지

떠났던 곳에서 다시 떠나게 하지

나는 수없이 되돌아오지

멎어 있는 내 발자국 위로

한밤의 이사

—
　어
　　디
　　　선
　　　　　가
　　　　우
　　　리
　는

　　　　　눈
　　　　부
　　　신
　　채
　로

　다
　　가
　　　오
　　　　는
　　　　　가난을
—

견
　디
　　겠
　　　지
　　　　만

　　　　흘
　　　러
　가
는
　　밤빛에

　　눈
　　　이
　　　　멀
　　　　　어
　　　　　　서

—

한 계단

두 계단

걸어 오르면

누
구
나

만날 것처럼

모
두
다

만난 것처럼

—

—

우

린   조

금   마

땅 할 테 고

—

접골

─

　그 골목엔 접골원이 있었다

　언제나 있던 것처럼
　무수히 지나쳤지만

　칠 벗은 간판은 좀처럼
　무너지지 않았어

　계단참을 빙빙 돌던 새의 부리엔
　먼지의 울음이 달라붙고

　삐걱거리는 뼈를 다 추스를 수 있을까 누군가 손을 내밀
면 누워야 할까 엎드려야 할까 앉아서도 궁굴릴 수 있다면
둥근 무릎과 붉어진 눈언저리를 내줄 수도 있을 텐데

　나는 계단을 오르지 못했고 단지 골목의 주름을 헤아리
며 골목 바깥으로 빠져나오는 나의 뼈를 생각하는 것이다
나의 반은 슬픔이고 나머지는 적막이라고 혼잣말을 한다
흐트러진 발자국을 되짚는다 눈이 내린다

─

그윽한 골목의 눈발
떠도는 뼈의 물결

줄거리로부터 밀려온 뼈들이 눈꽃을 매단 채 하얀 지도를
펼친다 지도 끝자락엔 둥그런 무덤 한 채

하염없는 눈 속
옷자락을 스치는 손결

가지런히 흘러내리는 뼈의 소리를
가만가만 쓰다듬어 보는 것이다

필사

맑고 둥근 얼룩
그리고
악천후

주머니 속 물방울을 그러쥐며 폭풍을 기다린다 너는 한참이 지난 후에야 오고 있다 비틀거리던 표정은 맑아지고 새어 나올 것 같은 소리를 물고 아무에게도 들키지 않을 것처럼

듣자마자 지워지는 냄새처럼
너는 외투 속으로 스며든다

어렴풋한 건
눈을 찔러도 아프지 않아서

멈춘 듯
그려지는데

모여 있는 곳에서 등진다는 건 서로 다른 비밀을 발설하는 거래 입술을 덮칠 땐 어떻게 말려야 하나 귓불마저 말

겨야 하나 두고 온 기분만큼 외투는 흐릿해서 언제나처럼

　내가 썼던
　잿빛 모자

　텅 빈 이마와 손바닥
　단 하나의 물방울

　돌아나거나 얼룩으로 남을 테지만 구르다 엮인 마음과
꿈꾸다 졸고 있는 의자 먼저 일어나는 쪽에 손뼉을 친다

　넘실거리는
　박수와 악수

　무릎을 들썩이며
　구름을 펴 보는데

어제의 소질

一

　어제는 인사를 잘했습니다
　다음엔 모르는 사람으로 마주칠 수 있으니까요

　꼭 잡았던 손도 주머니 속에서 흩어지고 바람 속을 맴돌
던 너의 걸음도 리듬을 멈출 테니까 눈을 감고 돌을 던져
도 어느 쪽으로든 떨어질 테고

　너의 손이 뜨거워서 비구름이 몰려왔나 봐 너는 곧 비가
온다고 다음 주말에도 비는 어디쯤에서 불어온다고 발이
푹푹 잠겨 멀리 가는 것도 쉽지 않다고

　인사에도 끝이 있을까 죽은 사람에게도 절을 하는데 자
꾸 뒤를 돌아보게 돼 오래 걷는 건 너의 소질이었고 내키
는 대로 기다리는 건 나의 소질이라서

　막다른 골목에
　밤길을 쏟아붓는다

　이리저리 달아나는 꿈을 꾸다 한밤중에 눈을 뜬다 이렇
게 남아돌아도 괜찮은 걸까 물 묻은 수건도 아침이면 마를

—

테고 읽다 만 책은 표백제에 담가 버렸어 셔츠의 얼룩은
어떻게 지울까 무늬마다 지우는 방법도 가지가지라

   땀에 젖은 이마와 두근거리는 손가락
   깊숙이 스며드는 자국이라면

   잘 오려 낼 수 있을까 어차피 오늘도 구겨질 게 뻔할 테고
어쩌다 가위에 눌리는 건 또 다른 이야기

   인사는 끝이 없어
   다시 만나도

   잘 헤어질 수 있는데

겨울물결자나방은 날갯짓을 서두르고

─

구름 조금

이었으면 해

내

일은

돋아나고

느개 보듬던

골목에서

술렁이는 물빛을 어루만지네

오래 떨구던 눈빛이 부서지네

얼음 같은 방에서

─

둥근 춤을 춰

얼룩무늬 천장이 느릿느릿 이마에 닿도록

침대보 속 스프링을 밟다가 까무룩 잠들도록

꿈틀꿈틀 새벽을

몰고 와

준,

July.

아무도 모르게

내

알이

피어나

여독

어느새 돌아와 누웠네 둥글게 말아 올린 소면 같은 길이 었네 빙빙 돌아 제자리네 어디로든 이어지네 물길로도 눈 길로도 쓸 수 없네 등을 곧추세우네 기울어진 달이 여물고 있네 나는 어디쯤에도 다다르지 못하네 기나긴 바다를 본 것 같네 울울한 내음이 눈꺼풀을 감싸네

감은 눈 속에
검은 내가 보이네

푸른 이마가
잠든 바다를 두드리네

바닷가 횟집은 불이 꺼지고 수족관은 비어 있네 먼지 더 께가 바닥을 덮고 있네 긁어도 떼어 낼 수 없을 것 같아 털 썩 주저앉네 아득히 고요하네 산 사람을 만나러 갔는데 죽 음에 가까운 사람들 속에 껴 있네

아픈 데는 없냐고
묻는 사람은

먼 데
있네

아마도
터벅터벅

바다로 난 길을
걷는 중이네

해설

형언할 수 없는 타자를 향한 응답

박동억(문학평론가)

1. 가족을 대하듯, 한 끼의 식사를 나누듯

말로 담아낼 수 없는 것들이 있다. 저편으로 떠나간 자들, 그들이 몸으로 받아들였던 그 시간, 그리고 캄캄하게 저물이 갔을 몸의 감각. 타인의 죽음은 인간이 공감 능력과 상상력의 한계를 깨닫게 한다. 헤아릴 수 없는 타인의 고통이 저기 있다. 감히 묘사하는 것조차 죄스러운, 하지만 외면할 수도 없는 타인의 참혹 앞에서 우리는 얼어붙는다. 그러나 죽음이라는 단어는 상실의 크레바스에 빠져 꼼짝도 못 하는 상태에 머물게 만들기 위한 어휘는 아니다. 오히려 죽음이라는 단어는 형언할 수 없는 타자성에 기대어 세계를 새로운 방식으로 해석하고 의미화하기 위해 필요하다. 이렇듯 저편의 당신을 온전히 이해할 수 없다는 한계에도 불구하고 다시금 사람을 증언하는 입술이 있다.

대부분의 첫 시집이 자아와 가족과 같은 내밀한 주제를 다루기 마련인데, 황정현 시인의 첫 시집 『바람은 너를 세

127

워 놓고 휘파람」은 줄곧 타인에게 눈길을 두고 쓰인 작품들로 채워져 있다. 더 정확히 말해서 시인이 애틋하게 묘사하는 것은 타인의 고통이다. 명시하고 있지는 않지만 이 시집에는 2014년의 세월호 참사, 2020년의 이천 물류센터 폭발 사고, 또한 코로나 팬데믹과 같은 사건을 연상케 하는 작품이 수록되어 있다. 예컨대 서시 「모아이」에서는 "물속에 잠기는 아이를/누구도 안아 올리지 못했어"라는 문장이 세월호 참사에 대한 죄의식을 상기시키고, 「키오스크」의 "물류 창고에서 폭발음이 들렸다"라는 시구에는 물류 창고에서 희생된 노동자를 추모하는 마음이 깃들어 있으며, 그리고 「셀프 주유소」의 일회용 장갑을 낀 손의 이미지는 관계가 단절된 팬데믹 시기를 떠올리게 한다.

왜 그의 시는 타인으로부터 시작하는가. 이러한 물음에 답하는 것은 뒤로 미루어 두도록 하자. 먼저 살필 것은 타인의 근본적 형상이다. 다시금 「모아이」를 살피면, 제목에서 칠레 이스터섬의 거대한 석상을 통해 "퀭한 눈으로 서로를 볼 수 없는 우리", 즉 서로의 마음에 닿을 수 없고 다만 동떨어져 있을 뿐인 인간관계를 표현한다는 사실을 유추할 수 있다. 한 사람의 고통은 오롯이 그만이 이해할 수 있는 언어이기에 사람은 서로 보듬을 수 없고 "귀를 기울일수록 이웃은 멀어"질 뿐이다. 작품의 주제는 간명하다. 사람은 사람에 대하여 목격자의 위치에 머물 뿐이다. 누군가의 가슴속에서 "불타는 숲"을 확인한다고 한들 우리는 다가서는 방법을 모른다. "너무나 많은 무덤이/얼굴을 부르고" 있지만 우리는 응답하는 방법을 모른다.

중요한 것은 이러한 표현을 냉담함으로 읽어 내서는 안 된다는 점이다. 오히려 「모아이」에서 음미해야 할 것은 거듭 타인의 흔적을 탐색하고, 타인의 '무덤'에서 눈을 떼지 못한다는 사실이다. 어떤 의미로는 이 작품 안에서 사람이 선택할 수 있는 자세는 타인을 향해 얼굴을 향하거나–향하지 않는 두 가지뿐이다. 이때 시인이 바라보는 것은 "너무나 많은 무덤"이고, 이는 곧 죽은 이를 향한 애도의 자세를 암시한다. 제안되는 의무는 그 익명의 죽음을 향해 '얼굴'을 드러내는 것이며, 이는 형언할 수 없는 타자에 대한 응답, 다시 말해 어떤 사람이기 때문이 아니라 무조건 타자에게 응답하는 윤리적 책무를 상기하게끔 한다.

「모아이」의 첫 문장에 제시된 '등지고 서 있는 바다'의 의미는 애도하는 자세와 연관하여 이해될 수 있다. 애도에 관한 한 물의 원초적 이미지는 두 가지뿐이다. 당신을 흘려보내거나 그렇지 못하는 것. 그리고 바다는 모든 슬픔을 떨쳐 내고 난 이후에 도달하는 승화의 이미지라고 할 수 있으며, 바다를 등지고 있다는 것은 아직 충분히 애도하지 못했다는 의미이다. 하지만 시인이 진정 바라는 것은 마음의 파도가 서로 뒤얽히고 보듬는 일, "부서진 지붕들이 흘러 다녔지 젖은 손들은 서로 친해지고 저녁을 짓고 울음을 나눠 먹었지 서로의 잠을 돌보았지"라는 후련한 문장에 도달하는 일이다(「파랑」).

저 무수한 사람의 상실을 피하지 않고 마주하는 일, 이윽

고 그 모든 슬픔의 강물이 서로 기대듯 드넓은 바다에 도
달하는 일, 바로 이것이 이 시집에서 꿈꾸는 애도의 구조
라고 할 수 있다. 물론 그것이 쉽사리 이루어질 소망은 아
니다. "백 년 동안/기록하지 못한 얼굴을 꺼내"어 보고,
"침몰한 배의 창가를 떠도는 기도 같은" 슬픔에 골몰하는
시간을 견뎌야 할 것이다(「의자 고치는 사람」). 그렇게 하나를 짊
어진 뒤에 "누군가의 내일은/오늘보다 먼저 망가"질 것이
기에 슬픔의 무게는 늘어만 갈 것이다(「셀프 주유소」). 그러나
시인이 추궁하는 것, 확신하고 싶은 것은 단 한 가지의 사
실처럼 보인다. 어쩌면 시인은 "함께 죽어 간다는 거요"라
는 문장처럼(「청동겨울」), 사람은 사람 곁에서 죽음을 받아들
일 수 있다고 말하고자 한다.

오래도록 붓끝만 바라보다 겨우 좁은 골목 하나를 그렸습
니다

붉도록
검붉도록

이 골목의 어둠은
어떻게 붓질할까요

어둠을 들먹이다 그만
먹물이 말라 버렸죠

누군가 골목 안으로 손을 내밀면 힘껏 잡을 거예요 나 좀
꺼내 달라고요 골목 밖으로 나가야 하는데 숙제도 약속도 있
는데 그림자 없인 한 발자국도 움직일 수 없는데 숨소리도 그
림자도 잃어버렸어요

— 「골목 밖에서 붉은 눈이」 부분

끝내 그릴 수밖에 없었던 좁은 골목, 그렇게 마주할 수밖
에 없었던 그 골목을 시대적 절망의 알레고리로 이해하기
는 어렵지 않다. 하지만 곱씹어야 할 것은 이 시집의 절망
이 무엇으로부터 비롯되느냐는 물음이다. 시집에서 줄곧 고
뇌의 대상이 되는 것은 자신의 절망이 아니라 타인의 절망
이다. 그렇다면 저 좁은 골목에서 '나'를 감싸는 어둠은 결
국 '내'가 응답해야 할 타인의 얼굴이라고 말할 수도 있지
않을까. 따라서 이 작품은 이렇게 이해되어야 한다. 시인
에게 인간의 운명은 좁은 길이다. 그러나 그 좁은 길을 향
해 손 내밀 수 있다고 믿을 때 가능한 기적이 있을지도 모
른다. 이 작품은 "나 좀 꺼내 달라고요"라고 외치는 조난자
를 향해 손 뻗도록 우리의 양심을 자극한다. 또한 위 시는
다음과 같은 약속도 암시한다. 당신이 누군가를 향해 손 내
민다면, 언젠가 당신의 어둠을 향해 다가올 환한 손이 있을
것이다. 따라서 이 시집에서 '타인의 손'은 쉽게 동의할 수
있는 사회적 도덕률을 환기하는 이미지이기도 하다.
　이 시집이 지향하는 도덕률을 좀 더 구체화할 수 있겠

다. 삼촌을 기다리는 언니와 '나'의 이미지(「빌강정」) 등은 이 시집에서 회복하여 도달하는 건강한 상태가 곧 다정한 가족 관계와 닮아 있음을 유추하게 해 준다. 마찬가지로 「언니들의 파노라마」는 애도와 식사의 모티프를 포개어 놓은 작품이다. "죽은 딸들이 가랑이에서 흘러나와 밭을 매더래 밭머리에 수북하니 잡풀을 쌓아 두고 정짓간에 모여 앉아 밥을 안치네 가마솥에 밥물이 끓어 넘치네 딸들이 밥알처럼 들썩이더래"라는 시구에서 딸들이 죽었다는 사실은 밭을 매고 쌀밥을 익히는 이미지를 통해 조금씩 흐릿해진다. 대신 상상하게 되는 것은 죽은 딸과 산 자가 모여 함께 식사하는 모습이다. 삶과 죽음의 경계를 초월하는 식구를 형상화하는 셈이다. 결국 황정현 시인의 시가 그려 낸 '애도의 바다'는 곧 저 헤아릴 수 없는 삶과 죽음의 경계가 와해되고 과거와 현재가 하나의 식구를 이루는 기적을 암시한다고 말할 수 있다.

2. 타인을 응시하는 '나'의 슬픔

이 시집이 그려 내는 애도의 자세는 산 자와 죽은 자가 가정을 이루는 단란함, 즉 "밥을 먹고 사랑하는 일"로 이어진다(「송곳니」). 이는 도덕적 물음을 동반한다. 가족을 대하듯 집 밖의 타인을 대할 수 있지 않을까? 물론 이러한 다정함만으로 세상을 포용한다는 것은 어려운 일이다. 가족의 도덕은 가까운 이를 사랑한다는 근접성의 원리에 기초하며, 이 때문에 이 세상의 복잡한 갈등과 이해관계를 아우르기에는 충분치 않은 원칙이라고 할 수 있다. "한 번쯤/아무라도/두드릴 수 있는데//누구든/입김처럼/다정할 수 있는데" 왜 우리는 이웃을 가족처럼 대하지 못하는 것일까(「아이의 이웃」). 이 시집에서도 타인과 삶을 나누는 것이 어려운 이유는 인접성의 원리에 따라, 다시 말해 가깝고-멂의 거리감에 따라 설명된다. 이를테면 삶이 아득한 이유는 "사는 게 너무 멀어서요"라고 시인은 말해 보는 것이다(「거절의 미래」).

'나'의 삶은 타인에게 '먼' 것이고 타인의 삶은 '내'게 '먼' 것이다. 이는 단순히 물리적으로 거리가 멀다는 의미가 아니다. 마음이 멀다. 어린 시절부터 형성한 경험의 구조 자체가 다르기 때문에 사람은 서로 이해할 수 없다. 그렇다면 이 시집이 묵과하고 있는 것은 계급이나 젠더의 차이로 인해 발생할 수 있는 정체성의 정치이다 이 점에서 황정현 시인은 사회학적·정치적 차원의 도덕을 수립하기 이전에 정동의 차원에서 사색하고 있다고 할 수 있다. 저 타인의 고통이 시인을 사로잡는다. "흘려 버리고 싶어도/멈춰서는 병"처럼 그에게서 눈을 뗄 수 없다(「코르크스크루」). 이러한 정동은 미래에 구체화할 도덕적 원칙의 출발점이다.

서로를 파내면서
구멍을 채우고 있어

병 속에 병을 옮긴다
거품도 없이 출렁인다

133

두 손으로 병을 감싸면

우린 조금 투명해지고

—「코르크스크루」 부분

가만가만

숨죽이며

그 애의 운동화를

건지고 있어

—「육교」 부분

우린

서로

오라 가라

말이 길었네

—「정리」 부분

    어째서 황정현 시인은 동일한 운율로 이루어진 두 행의 형식을 반복하는 것일까. 운율은 시인이 바라는 마음의 자세를 형상화하기 마련인데, 황정현 시인의 시는 두 사람이 나란히 서는 듯한 운율을 통해 교감이라는 주제 의식을 드러내고 있는 것처럼 보인다. 서로 깊이 파고들어 가며 상대방을 채우는 것, 물속에 잠긴 아이의 운동화를 건져 내는 것, 말이 오고 가는 것, 이 모든 이미지가 교감하고 있는 상태나 교감하고자 하는 의지를 간명히 드러낸다. 물론 근본적으로 시는 고백의 장르이며, 이 또한 '우리'에 대한 시적 화자의 규정이라고 할 수 있다. 하지만 시인이 욕망하는 것이 두 목소리가 나란히 '우리'를 이루는 순간이라고 한다면, 그리고 그 열망이 두 행의 형식으로 드러난 것이라면 틀린 해석이라고 할 수 있을까.

엄밀히 말해 이 시집은 섣부르지 않게 타자의 고통을 증언하는 대신 '나'의 고통에 머무른다고 말할 수 있겠다. 고통의 원인이 되는 것은 시인의 섬세한 감수력이다. 시인의 감수력은 일상적 공간에서도 슬픔의 흔적을 발견하는 시선을 통해 드러난다. "빈집의 체온과 아래층의 구름과 게단참을 뒹구는 꼬리뼈, 옥상의 장화와 비에 젖은 바람개비와 펄럭이는 허공과 아무 말도 담지 못한 노트와 조금씩 무너지는 눈꺼풀"이라는 표현처럼(「물물동물」), 시인은 사물 속에서 부재를 포착한다. 그리고 이러한 부재를 발견하는 능력이 타인에게 확장되는 순간, 그것은 곧 애도의 형식이 된다. 이 감수력으로 인해 타인에게 눈 돌릴 수 없고, 타인의 고통을 위로하기를 바라기 때문에 '나'는 아프다.

다르게 말하자면 두 행의 운율은 '나'와 '너'의 거리를 명시하는 방식이라고도 할 수 있다. "너를 새기는 나일까/나를 짊어진 너일까"와 같은 반문은(「20년을 줄게」) 술어 그대로 따른다면 '너'와 '나'의 교감을 표현하는 내용이지만, 두 행

135

의 운율은 '나'와 '당신'을 구분하는 형식이기도 하다. 더불어 이러한 형식이 대화가 아니라 '당신'을 연민하고 '당신'에게 부채감을 느끼는 '나'의 마음에 관한 독백이라는 사실을 떠올린다면, 결국 우리는 이 작품이 타인에게 말 건네는 방식에 대해서 고찰할 필요가 있다. 그렇다면 「20년을 줄게」는 근본적으로 수동적인 연민의 자세와 적극적인 연민의 자세 사이에서 고뇌하는 작품이라고도 할 수 있다. 황정현 시인은 최초에는 "너는 자꾸/내 손등을 긁는다"라고 쓴다. 이는 수동적인 연민의 자세이다. 시인은 '당신'을 위로하기 위해 '당신'이 찾아오기를, '당신'의 손이 자신의 손등에 얹어지기를 바라는 셈이다. 하지만 이 시의 말미에 "나는 자꾸/네 손등을 그러쥔다"라고 썼을 때, 시인의 마음은 공감의 정확한 자세를 탐색하고 있다. 그는 한 사람의 마음에 한 사람의 체온을 전하는 순간을 열망하고 있다.

3. 끝까지 손 내밀기 위해

황정현 시인의 시집이 단란한 공감의 풍경을 그려 낼수록 타인과 마음을 나눈다는 사건이 얼마나 어려운 것인지를 숙고하게 된다. 어떻게 해야 그의 고유한 삶을 온전히 이해할 수 있을까. 어디까지 '나'를 열어젖힐 때 비로소 '당신'을 '내'게 새기고 짚어지는 기적은 가능한 것일까. 시인 또한 이러한 물음 속에서 다음과 같은 결론에 도달한 듯하다. 교감은 상호 주체의 완전한 이해를 뜻하는 것이 아니다. 오히려 공감은 "너와 나의 수많은 가능성을 흘려보내

더라도 먼 곳을 바라볼 수 있도록 황량한 들판에서 마주
치더라도 적막하지 않도록" 만드는 일(『율리시스』), 완고하게
'나'이기보다 '나'를 조금은 포기하더라도 저 황량한 미래
를 '함께' 맞이하는 사건이라고 할 수 있다.

　비밀 속엔 바람이 가득해

　뭉쳤다 흩어지기도 하고 이마를 간질이다가 살갗을 파고들
다 습관처럼 지워지기도 하고

　문밖으로 귀 기울이면 새들은 날아오르고 바람개비는 돌고

　소리 없이 웃는다는 건 나쁜 꿈을 펼친다는 거 새벽을 접는
다는 거 이불 깊숙이 묻어 버리는 거

　생각나는 건 뭐든 소리 내어 씹어야 해 깊은 잠에 빠지지
않으려면

　입속을 굴러다니는 젤리 맛 바람

　씹을 수 있다면
　삼킬 수 없다면

　너무 커 버린 거

바람을 좇는다는 거

오래전 네가 문밖을 향해 귀 기울인 것처럼
온종일 색종이를 잘라 입김을 불어 댄 것처럼

바람 속엔 비밀이 가득해

입술 밖으로 한 발자국도 뱉어 낼 수 없는 날

바람은 너를 세워 놓고

멈추지 않는다

—「휘파람」전문

 고통처럼, 나눌 수 없는 것을 나눈다는 것은 어떠한 사건
인가. 황정현 시인의 작품에서 이러한 물음에 답하고자 탐
구했던 흔적을 발견할 수 있다. 「휘파람」에서 타인의 고통,
그리고 그 고통을 벗어나기 위해 품은 희망은 형언할 수
없는 '비밀'이자 '바람'으로 은유된다. 이러한 은유는 진정
고통스러운 꿈은 고백되지 않는다는 사실을 암시한다. 어
떤 아픔은 고백할 수 없을 만큼 괴로워서 "이불 깊숙이 묻
어 버"린 채 겉으로는 "소리 없이 웃"을 수 있을 뿐이다. 마
찬가지로 '바람' 또한 쉽게 고백되지 않는다. 이 작품에서
고통과 희망은 똑같이 "입술 밖으로 한 발자국도 뱉어 낼

수 없는 날"에 삼켜진다. 이는 침묵이 멈추지 않고 반복될 것임을 암시한다. 하지만 시인은 그러한 고통에 잠긴 '너'를 응시하며 말한다. 그 아픈 침묵을 삼킬 수 없다면 씹어 내기라도 해야 한다. '나'는 침묵하고 있는 '너'를 바라보기를 멈추지 않을 것이다.

정확한 공감보다 중요한 것은 다가가려는 자세일 수 있다. "예보는 종종 빗나가지만//입술을 감추고//눈빛을 헤아리며//우리가 떠 있는 곳에서//온종일 말을 더듬고 있어"라고 말할 때(「까마귀와 나」), '당신'의 마음을 읽어 내는 것보다 중요한 것은 곁에 다가서는 일처럼 다뤄진다. 입술과 눈빛을 통해 '당신'의 심연을 읽어 내는 일은 불가능할지도 모른다. 말 건넴이 온전한 대화가 아니라 말더듬증에 그칠지도 모른다. 그렇지만 말의 온기를 나누는 사건은 가능하지 않을까. "유리잔 속엔 혼잣말이 가득"하지만 "슬픔을 함께" 견디는 일은 가능하지 않을까라는 물음이 시집 전반을 맴돈다(「스무디」).

사회신경학자 장 데서티(Jean Decety, 1960-)와 윌리엄 아익케스(William Ickes, 1947-)는 공감이라는 어휘가 현대사회에서 적어도 여덟 가지 이상의 의미를 지닌다고 설명한 바 있다. 공감은 상대의 생각과 감정을 ① 아는 것, ② 동일하게 느끼는 것, ③ 상상하는 것, ④ 동정하는 것일 수 있으며, 혹은 ⑤ 상대의 처지에 '나'를 놓아두는 것, ⑥ 상대와 '나'의 입장을 바꾸는 것, ⑦ 상대의 말과 행동을 따라 하는 것, ⑧ 상대의 고통을 느끼는 것일 수도 있다. 이때 황정현 시인은 상대의 생각과 감정을 동일하게 느끼는 것(②)이나, 상대의 고통을 그대로 느끼는 것(⑧)을 이상적인 공감의 형태로 전제한다. 그러나 이러한 공감이 현실에서 실현되기 어렵다는 한계 인식 속에서 그의 시는 성립하는 듯하다. 그리고 시적 언어는 그러한 한계를 잠시나마 잊기 위해 필요하다. "손등은 어디로든 흘러가/돌아누운 이의 체온을 두드린다"라는 문장은 공감의 불가능성에도 다시금 '당신'을 향해 손 뻗을 수 있는 힘을 줄 것이다(「손등의 밤」).

　물을 붓고 불을 켠다 네가 탄 버스는 아직 도착하지 않았고 복도에서 발소리와 말소리가 뒤섞인다 옆집 문이 열리고 닫히는 소리까지

　불꽃이 일렁인다 기포가 수면 위로 솟구친다 오고 있니? 가고 있어 아직 오지 않은 너는 수화기 너머에 있다 잘 가라는 소리가 들린다 복도가 울린다 누군가 멀어진다

　물을 다시 붓는다 들끓던 수면이 잦아든다 모르는 사람이 좋아지기도 해 낯선 말투로 울렁이게도 하고 같은 곳에서 만났지만 서로 다른 시간에 헤어져

　같은 옷을 입은 사람을 보면 숨고 싶은데 사라지지 않는 것처럼 서로 다른 곳에서 함께 있던 시간을 떠올리기도 하고

물이 다시 끓어오른다 불꽃을 줄인다 전화기는 울리지 않
는다 네가 탄 버스에서 너는 내리지 않았고

언제 끝나는지 알 수 없는 해변으로
간다고 했다

—「모임」 전문

그리하여 「모임」에서 반복하는 것은 기약 없이 '당신'을
기다리는 자세이다. '나'는 수화기 너머로 "아직 오지 않
은 너"의 위치를 묻고, 울리지 않는 전화기 앞을 서성이며,
"네가 탄 버스"가 도착할 정류장에서 '너'를 기다린다. 이
것이 지극한 환대의 이미지인 한편 지금까지 분석한 바에
비추어 본다면 '도착하지 않는 너'라는 소재가 곧 공감 불
가능성의 알레고리임을 유추할 수 있다. 이 막막한 기다림
동안 '내'가 느끼는 애타는 마음과 불안은 끓는 물로 유비
된다. 아마도 '나'는 '당신'을 위해 요리를 했을 것이고, '당
신'이 도착하는 순간에 따뜻하고 맛있는 음식을 대접하기
위해 냄비에 물을 보태고 있었을 것이다. 중요한 것은 만
약 '네'가 저편으로 떠나더라도, "언제 끝나는지 알 수 없
는 해변으로" '당신'이 떠나더라도 이러한 기다림을 지속
할 것이라는 암시이다.
　"단일하고 균일한 이상을 상정하지 않고도 살 만한 삶을
사유할 수 있는가." 이것은 젠더나 인종과 국경의 경계를
넘어선 연대의 가능성을 탐구한 저서인 『연대하는 신체들

과 거리의 정치』의 마지막 제6장에서 주디스 버틀러가 던졌던 물음이다. 마찬가지로 우리는 사회적 차원의 연대나 공감에 대한 규정 없이, 다만 한 사람이 한 사람을 지극하게 대하는 이 시집의 윤리에 대해서 같은 물음을 던질 수 있겠다. 버틀러는 올바른 삶이 반드시 똑똑한 소수가 지닌 비판 능력에 의해서 실현되는 것은 아니라고 주장한다. 그는 약자의 실존적 감각, 그들이 홀로 설 수 없는 취약한 존재이고 타인의 상호 의존 없이는 세상을 살아 낼 수 없다는 감각 속에서 민주주의의 새로운 지평을 사유하는 것이 가능하다고 제안한다.

마찬가지로 우리가 황정현 시인의 시에서 가장 먼저 확인하는 것은 인간의 연약함이다. 시인의 목소리는 세상을 향하지는 않는다. 즉 참혹을 견디는 자를 위한 정의나 부당한 세계를 향한 심판을 요구하지 않는다. 대신 시인은 투쟁할 수 있는 여력을 지니지 않은 취약한 존재, 자신의 고통에서 헤어 나오지 못하는 불안한 존재를 형상화한다. "인사는 끝이 없어/다시 만나도//잘 헤어질 수 있는데"라는 시구처럼(『어제의 소질』) 누군가는 과거의 상실에서 벗어나지 못한 채 저편으로 떠난 '당신'과 다시 해후하는 순간만을 꿈꿀지도 모른다. 이렇듯 삶보다 죽음에 가까운 주체, 다시 말해 현실을 살아갈 능력보다 "아득히 고요하네 산 사람을 만나러 갔는데 죽음에 가까운 사람들 속에 껴 있네"라고 말할 수밖에 없는 우울증적 주체가 이 시집에서 아름답게 간직하려는 사람의 모습이다(『여독』). 줄곧 이 시집이 비추는 것은

142

인간의 무너진 마음이다. 그러한 사람을 바라볼 때 우리가 스스로 깨닫게 된다는 듯이, 무엇을 행해야 하는지 알게 된다는 듯이 다만 자신의 두 발로 자신의 마음을 걸어 나오지 못하는 사람의 형상을 그릴 뿐이다.